U0935005

VISIONS

幻

李安哲——著

中国人口出版社
China Population Publishing House
全国百佳出版单位

自序 《幻》的六条规则

1. 不说空话，让每一句都有价值；
2. 不为押韵牺牲文字之美；
3. 不夸张，不滥情；
4. 逻辑严谨，合理运用科学知识；
5. 讲究节奏和平仄；
6. 注意汉字的形体美。

2019.5.13

目　录

第一辑
青山和绿水　游览神奇的自然风景

第二辑
科学世界　知识、想象和技术的结晶

第三辑

碧浪 · 沙滩　夏威夷的时光

第四辑

蓝鸦 · 松鼠　西雅图的回忆

第六辑
三维半人生　日常生活与想象的诗

第一辑

青山和绿水

游览神奇的自然风景

大河沟水库

水库尽头是幽静的青山
长堤之下是平静的湖面
新笋刚钻出湿润的泥土
它柔软的身躯胸有成竹

小径旁，藏有一些多刺的秘密
那就是橘红色未熟透的覆盆子
味道说不上好，汁液极酸
但足以作为旅途中的甜点

太阳撒下八分钟前的光线①
路边洞穴里却是永恒的暗
时间在最黑的地方变慢，停止
到视界之内，钟表则失去意义②

货运火车在落叶中飘过
就像一条草丛里的长蛇
受惊，又消失在薄雾里
只看见它离开时的轨迹

2019.4.26

---

① 光从太阳到地球大约要八分钟，所以是“八分钟前”的光线。
② 视界是黑洞的边界，黑洞的引力会让时间变慢，在中心停止（从观测者角度来说）。

三多桥村观白鹭

翠绿的树冠，与青天相连
棕色的巢穴，是鸟的乐园
不受拘束，每天无忧无虑

这有少许建筑、花草树木
再往前走就是白鹭的领土
周围则有几片绿色的鱼池
可让它们自由自在地觅食

望远镜中的数块光学玻璃
就能让你把它们尽收眼底
十只突然在树梢腾空而起
那一瞬间，翅膀遮天蔽日

三脚架摆正，再调好角度
摄像头用此刻的一束光子
在闪存中留下白色的回忆

2019.4.27

组诗：游虎溪大学城

之 一

蜡梅香气四处飘散
标记出二〇一九的开端
湖中天鹅掀起波澜
缙云山在雾中若隐若现

去年冬天爬过的野山
今天入口却已不见
如同传说中的桃花源
一个人只能去一遍

就在重大植物园旁边
有几棵树在虚假宣传
它们自称加拿大樱桃
不开花结果被人嘲笑

午后鸭子都在睡觉
喷泉水雾将寂静笼罩
枯荷里有一只白鸟
停留片刻便飞上云霄

慢慢走到川美拱桥
坐下看北风中落英飘摇
水田还未种上禾苗
只有池泥还在预备养料

2019.1.8

之　二

微雨随着轻柔凉风
缓缓飘落，稀释蜡梅花香
水分子的微妙平衡
已被打破，扭曲了天空的镜像

疑似失踪的黑天鹅
突然出现，独自在荷塘里小憩
两只鸭子自得其乐
岸边巡游，时而潜入湖底觅食

目标在透镜中出现
几片玻璃，勾勒出每一根羽毛
只需一张高清图片
眨眼之间，定格你的容貌

2019.1.10

之 三

人们都因春节迁徙
鸟类也放松了警惕
微雨在水面点出涟漪

黑天鹅都离奇消失
又在枯荷之间出现
几只白鹭正在休息
受惊飞到泥塘对岸

天气将会逐渐回暖
迎春花则最先得知
空中雨云形态万千
四周却是一片沉寂

川美骷髅见证了历史
残缺的金属与宝石
展现出死亡的美丽

2019.2.12

观音塘湿地公园

一滴雨轻轻地坠入
那无比清澈的湖面
溅出人生般复杂的纹路

方形已消失，圆形四处扩散
弧向八方延伸，没一条直线
波虽互相碰撞，却依然柔软
鳄鱼的石雕，还在眼前长眠

走过状元桥，就能看见喷泉
水柱从天而降，又百般变幻
远处的缙云山，雾气仍未散
绿树和红花，人工中的自然

可惜吊桥写着游客止步
由于某种“危险”
那难道就是概率？

2019.5.1

松　菌

在苍翠神秘的森林
小树根部藏着松菌
金色而罕见的宝藏
秋雨的滋润下生长

带上长柄镰刀与木棍
在植被下面仔细搜寻
不见天日的几把小伞
可能会出现在你面前

金色代表它的珍贵
稀有，也非常美味
用它做汤，味道极鲜
就好像尝到了青山

2018.10.2

文峰塔

倒塌后又重建
昔日浮屠再现
滨湖东路之畔
与举子园为伴

看着浅蓝天空
让纸飞机俯冲
螺旋下坠失控
如疯狂的人生

脚下碧绿深邃
是清澈的活水
吹来一阵凉风
镜面不再平整

曾经亲眼看到
古景文峰夕照
晚霞笼罩塔身
俘获我们灵魂

2018.5.3

金海湾公园

眼前高耸的灯塔
矗立在灰色云层之下
微雨与凉风交织
停留片刻就消失

走下坡来到嘉陵江畔
此地只有野草与沙滩
有白鹭经过，又离开
不知道何时才会归来

小溪旁鲜花四处盛放
这就是蜂与蝶的天堂
采集花蜜，随意飞舞
却有四千八百万像素
将它们变成一些电子
在虚拟的世界里觅食

碧水映着昏暗的天空
沙虽湿润，却不泥泞
波浪的声音极其响亮

但是景色却一片荒凉

渡轮因枯水停航
雾让人迷失方向
宇宙.exe[①]已停止运行！
请结束这些进程！

2019.5.7

① 一般指可执行程序（executable program），是可在操作系统存储空间中浮动定位的二进制可执行程序。

彩云湖

我在湖上复古廊桥
观察远方优雅白鸟
目镜里六十倍画面
苍鹭定格变成照片

岛上它们多么悠闲
慢动作忘记了时间
来回踱步将人催眠
何时才会飞上蓝天

水车破损水流不停
无论如何仍要前行
简陋结实的茅草亭
下雨时作路人行营

有座小岛就在眼前
绿草坪上红花点点
但是我们无法登岸
犹如仙境不可侵犯

2018.5.19

骑车游汉丰湖

我们在湖边踩着脚踏板
美景正铺开如一幅画卷
时间已涌起快乐的波浪

碧水清澈只有一点波澜
正如流动中的绫罗绸缎
文峰塔独自矗立在远方

往前望去只见绿色南山
上面神秘雾气永不消散
微风令人感到少许清凉

一会就到了回家的时间
周围一切仍然那么悠闲
优雅的白鹭在天上滑翔

2018.5.29

南山森林公园

秋千上银丝已出现
蜘蛛突然露面
这只甩不掉的鬼影
让人保持警醒

透过树梢有一束光
正将生活照亮
森林动物园的孔雀
已将自由忘却

2018.6.2

碧津公园

有一条轨道和两个隧洞
观光火车正穿梭其中
左边的路就通往拱桥
湖面清澈，种着水草

远处可以看到碧津塔
走近才知道它的高大
尖顶划破了灰暗天空
扰乱气流，带来一阵凉风

想开阔视野，只需上九层
前方是繁忙的停机坪
航班起降，割裂云彩
连绵雨雾也终于散开

民俗村有两座博物馆
展品新奇，值得一看
古床的雕工无比细腻
那些精美图案都是历史

2019.5.12

新速度

在流线型的车厢中
路过许多高耸山峰
无法拍摄照片
仅剩一帧画面

碧水缠绕农田
就像绿色绸缎
白云飘在天边
坐看地球改变

窗户外的雨迹
不再完美垂直
两百公里速度
可将液体扭曲

风景突然破裂
进入五维世界
长宽高与心情时间
每次旅行都能体验

2018.5.6

春节前夜

晚上的空气不再冰凉
这是最后的冬日生活
孔明灯，十块钱三个
有人相信它们能实现愿望

虽有火焰提供升力
但是起飞谈何容易
风把它们吹向了树枝
有些不幸牺牲，只剩
燃烧过后焦黑的尸体

对岸的九孔桥在雾里
散发着光芒，爆炸声
不绝于耳，硝烟四起
火药粉尘融入空气
此刻，夜无比美丽

七色花在黑夜中突然绽放
残留的碎屑开始下落
光柱舞动，形成旋涡
结束一年一度的疯狂

2019.2.6

第二辑

科学世界
知识、想象和技术的结晶

维 度

一 维 有 一 条 线

二
维
有
一
个
面 个 一 有 维 二

三　　　　　　　　　　现
维　　　　　　　　出
有　　　　　　已
高　　　　物
长　动
宽 长 高 有 维 三

四 维[1] 则 有 时 间
我 们 无 法 窥 探
只 能 试 着 推 断
其 中 怪 异 事 件
人 生 摆 在 眼 前
如 同 一 部 影 片

2018.5.12

---

①此处的四维指四维时空，并非四维空间。

键　盘

十六世纪，人发明了打字机
一百年后，开始使用 QWERTY①
这样就能解决某些机械问题

作为计算机的控制器
由一根金属线里的电子
演变为 PCB②上数十个传感器

机械、薄膜、静电容，手感各异
有线、蓝牙、2.4G，不同的连接方式
让消费者使用也更加便利

它，贯穿了整个信息时代的历史
却可能被语音输入取代，然后消失
敲出的诗却存在记忆里，任时间侵蚀

2019.1.13

---

①又称柯蒂键盘、全键盘，是目前最为广泛使用的键盘布局方式，由克里斯托夫·拉森·授斯(Christopher Latham Sholes)发明。
②印制电路板，又称印刷线路板，是电子元器件电气连接的载体。

鼠 标

流线型的身体，电线做尾巴
按键像一双耳朵，鼻尖
就是滚轮凸起部分，腿则是脚垫

它们不用担心猫的追杀
在办公桌上爬来爬去
只要定位精准，每天都无忧无虑

从两个滚轮，到一个圆球
再到不可见激光传感器
使用体验也更加舒适

PS/2[①]接口已经很陈旧
如今 USB 则更为常见
灵敏度也跟上了分辨率的发展

一维到二维的飞跃，将永载史册
易用性强于键盘，灵敏度胜过触摸
滚轮拉动历史，宏定义造出新的山河

2019.1.14

---

① PS/2 是一种早已过时的接口，常用于连接鼠标、键盘等设备。

显示器[①]

这就是电脑心灵的窗户
却不等于它的眼睛
显卡为其提供输入
规格有 4K、2K 和全高清

以前还没有液晶（LCD）
只有阴极射线管（CRT）
刷新率和色彩还原度高
但是笨重，辐射也不少

液晶屏随着技术的发展
打败了等离子屏，曲面
和宽屏正逐渐成为主流
比例一般都是十六比九

如今，主流接口是 HDMI
和新推出的 DP 标准
已沿用多年的 DVI
正和 VGA 一起走向黄昏

2019.1.16

---

① 少数显示器是 21:9 及以上的超宽屏。

计算机

中央处理器和显卡
一起组成了它的脑部
前者综合性能强大
能处理各种复杂任务
后者负责视频解码
图形运算、显示输出

它的心脏就是电源
可把交流电变为直流电
源源不绝地为主板
显卡、处理器提供能源

内存、缓存还有硬盘
它们全都是存储单元
前两者负责数据交换
运行过程中不能断电
硬盘的速度虽然较慢
但可以容纳更多文件

最重要的部件就是主板

它就是整机的躯干
这块看似平常的电路板
各种接口一应俱全

输入设备和千兆网卡
现在用于人机交互
智能语音助手虽然傻
但它们的发展速度
远超人类，要想反杀
必须得会编写程序

2019.1.15

食虫植物[①]

生存环境非常恶劣
营养不足就会灭绝
只能采取特殊手段
把一切都交给时间

笼子底部藏着积水
昆虫溺亡有去无回
分解后被慢慢吸收
没有留下一具骷髅

触须上有几滴黏液
只要耐心就能捕猎
蚊子逃跑已经太迟
已被做成自然寿司

血盆大口分泌香气
吸引苍蝇前来觅食
运行自然精妙程序
猎物已被牢笼困住

2018.5.28

① 第 2 节是猪笼草，第 3 节是茅膏菜，第 4 节是捕蝇草。

宇宙生命

银河外围某颗恒星
输送光热一刻不停
内核氢氦仍在聚变
燃料还剩五十亿年

细胞形成不靠运气
而是精确完整体系
谁在宇宙幕后设计
这一场复杂的游戏

地球重力不大不小
氧含量也不多不少
为防射线还有磁场
是生物的完美温房

虽有很多已知条件
仍猜不到最终答案
宇宙中生命的起源
不是巧合那么简单

2018.5.11

非牛顿流体与人生

非牛顿流体
要向它学习
这样为人处世
才能保护自己

遇柔则软化
爱与友情留下
遇刚则变硬
伤害降低为零

降低期望
就还有希望
保持乐观
别陷入黑暗

人生如梦
是时间的旅行
这场梦中
有谁能够觉醒

2018.7.8

月球上的奇迹[1]

容积零点八升的特制罐里
空气、光和土壤一应俱全
果蝇卵、土豆和拟南芥的种子
坐上嫦娥四号去月球冒险

如果某天人类移民月球
这些将会是你们的希望
在太空中生长看似荒谬
可我们的生命力却如此顽强

二氧化碳和肥料果蝇会提供
植物负责进行光合作用
这看似微不足道的循环
对我们来说却性命攸关

在绝对寂静的环境里成长
第一抹鲜绿映出了外面的荒凉
六分之一的重力与强辐射
让生态圈的未来无法预测

2019.1.12

---

① https://baike.baidu.com/item/月面微型生态圈/20856044。这是含有本诗相关信息的网址，也可以直接百度月面微型生态圈。

程序人生①

程序像人生，不过更简单
在你形成的那一秒钟
所有变量都被重置
然后进入主循环：

　　每天面临很多选择：
　　　　是与否、伪与真
　　　　决定了所有命运
　　　　让人生一波三折

　　这些就是你的例行公事
　　吃饭、玩耍、学习、睡觉
　　变量默默增加减少
　　平淡的一天就该如此

　　如果生活天数 > 三百六十五：
　　　　代表旧的一岁已经过去

---

① 这首诗是用python语言的格式写的。

如果你的状态 == 死亡：

那么这个程序已经结束

只有这样才能逃脱循环的束缚

下一站是地狱，还是天堂？

break

这是哪里？虚无之地？

2018.12.24

人工智能

现在，它开始“写诗”
不过就是分行、拼凑文字
因为，没有理解力
当然也不会有创意

用上千亿个晶体管
做几个月的运算
却仍然不及一瞬间
大脑中闪现的灵感

围棋技术无人能敌
是因为规则不随机
仅凭运算速度优势
就可轻松打败大师

人类出现几百万年
才学会了——随机应变
它的数学已赢在起跑线
进化完成需要一些时间

2019.5.27

第三辑

碧浪·沙滩
夏威夷的时光

珍珠港

绝密的计划
致命的轰炸
残忍的屠杀
雷达发出滴滴
以为是自己飞机
但不是
回击已经太迟

连天的火光
士兵的惊慌
燃烧的机场
袭击刚刚结束
电报已经发去
遥远的首都

破裂的甲板
沉没的战舰
尸体的碎片
美国的核弹
终结了战乱

在纪念馆
低头往下看
还可见断裂的船舷

2018.4.16

威基基海滩（檀香山）

鸽子在此觅食
阳光灿烂
闪亮的金黄沙滩

极目望去
碧海连着青天
水面有一丝波澜

遥远的云雾里矗立
苍翠的钻石头山
向左，古老的恐龙湾

城市的名字成为历史
檀木已消失不见
正如没入水底的军舰

2018.4.17

恐龙湾

滴水穿石
海浪冲刷死火山
恐龙湾的起源

水清澈见底
热带鱼藏在珊瑚里
赤橙黄绿青蓝紫

戴上面罩和呼吸管
美景一跃眼前
海胆突然出现

让人入迷的旅行
发现生物的美丽
也体验自然的威力

2018.4.18

72 号公路

右边碧水，左边青山
头上是蔚蓝的天
摆脱迷宫般的单行道
地图在此处才变得简单

这条路经过恐龙湾
最后可以到 H3
别问我怎么知晓
总之我是导航员

我们到了美丽的公园
所有动物都那么悠闲
有一座苍翠的小岛
黄浪抚平了沙滩

匆匆流逝的时间
突然学会了舒缓
如同疲惫的海鸟
让生活的节奏放慢

2018.4.19

檀香山的日出日落

早上五点的恐龙湾
漆黑的世界
只有浪的声音在耳畔
冷风送来淡淡的咸

几十分钟后，景色剧变
恒星让黑暗分裂
天宇燃起绚丽光焰
夜晚还回大洋的蓝

云霞铺在天边
染红了沙滩与水面
空中繁星点点
明月已经升起

太阳落下地平线
犹抱青山，半遮面
为别处送去温暖
时间永不停止

2018.4.20

波利尼西亚文化中心

以前土著无忧无虑
殖民者还没有侵入
这群岛是一片乐土
食物淡水都很充足

今天蛛网似的公路
已爬满这古老国度
到处是黄金的巨树
香甜的芒果已熟透

自助餐的佳肴入腹
牛肉米饭还有海鱼
欣赏完华丽的演出
我们就能回到住处

鼓声敲起古老习俗
挥着火把唱着歌曲
已忘记昔日的舞步
这不过是一场喜剧

2018.4.21

夜 航

此航班
将梦与现实相连
二十二点
犹存对夏威夷的留恋
引擎轰鸣，说再见

视线透过舷窗
看着璀璨的灯光
心脏透过机舱
感觉夜晚的悲凉
突破时空屏障
灵魂已飘回故乡

拉上遮阳板
合上眼帘
面前只剩黑暗
仿佛遇到了奇点
暂停流逝的时间

美丽碧绿的大洋
成熟菠萝的果香

与翻滚的白浪
在虚幻记忆中存放

2018.4.23

第四辑

蓝鸦·松鼠

西雅图的回忆

华盛顿大学

此诗穿越万里空间
来到遥远华大校园
头上粉色繁花点点
西雅图的美丽春天

熟悉大道仍在眼前
上面行人却已改变
蔚蓝空中白云浮现
如海洋中一艘帆船

此路到头是图书馆
右转则有一座喷泉
藏书传递知识经验
清水制造人生波澜

道旁有隐藏的大殿
还可见柱子与残垣
松鼠蓝鸦突然出现
人类之间和谐自然

2018.5.13

幽灵湖（*Phantom Lake*）

这里寂静恐怖阴森
附近就是一片松林
暗影笼罩所有行人
天空之上只见黑云

树中小径曲折蜿蜒
踩着枯枝向前窥探
整个世界只有我们
与我们发出的声音

某天死神突然降临
小船倾覆沉入湖心
现在尚未找到尸身
幽灵之名竟然成真

在游荡的年轻灵魂
死后应无任何苦难
愿你能够安息长眠
成功进入乐土之门

2018.5.14

卡奇克公园（*Carkeek Park*）

在绿色丘峦间迷失
找个阴凉桥洞休息
遇到一只涂鸦猎豹
嘴角露出讽刺的笑

沙滩上的废弃朽木
沉入地面像只鳄鱼
铁轨已被咸水腐蚀
岁月留下红棕血迹

浪打出生活的鼓点
神按下命运的琴键
风吹出时间的笛声
这组合有无限可能

溪流缓缓汇入海湾
背后则是高耸青山
人的一切终被遗忘
剩余分子不知去向

2018.5.15

大芬山公园（*Big Finn Hill*）

天下没有免费午餐
这句话已经被推翻
尽情享受这场盛宴
曲棍球赛就在今天

大树环绕绿荫一片
几只松鼠突然出现
没有马路上的噪声
只有自然和谐之音

前方草坪有只白兔
我像猎豹一样埋伏
但却没有成功抓住
这美味多汁的猎物

林中小径曲折蜿蜒
左顾右盼向前窥探
仍不能从迷宫脱身
不知不觉出了公园

2018.5.17

阿德默公园（*Ardmore Park*）

此地无人极其幽深
寂静阴森的针叶林
倾倒的树互相搀扶
给对方当一根支柱

清澈小溪架有木桥
头顶，雀鸟在鸣叫
小路旁，松鼠逃走
它就藏在黑暗身后

在此忘却烦恼时间
随便走走也是锻炼
有着动植物的陪伴
亲身体会美好自然

2018.5.18

斯诺夸密瀑布（*Snoqualmie Falls*）

由自然创造的奇观
我们俯视白色纱帘
下面迷雾环绕盘旋
其中彩虹忽隐忽现

光折射出美丽色彩
重力加速水花溅开
就是最简单的物理
在此都能创造奇迹

前方是火车博物馆
买了口哨留作纪念
去旁边的河滨公园
享受这美好的一天

2018.5.23

滑索时空（*Seward Park*）

心脏在胸腔里跳动
座椅正在钻进虫洞
跳跃到了奇异世界
维度就在那里重叠

天上乌云变得模糊
疾风吹着眼前万物
在这条线路上来回
一点推力就可起飞

虚幻鬼影一闪而过
就在这公园的滑索
因为巨大的加速度
时空终于开始扭曲

快门已经完全失效
相机同样无法对焦
最终图库中的照片
只有混乱的像素点

2018.5.27

第五辑

猫的秘密

猫，一个神秘优雅的物种

喵中之谜

“喵”的一声
改变了你和我的命运。
你享受着国王般的待遇，
每天九点都会准时给你送鲜鱼。
你的家人在哪里?
这个问题也许无法回答，
因为你是天赐的礼物。

有时你会受苦，
比如洗澡，
但希望你不要恩将仇报，
因为要除去你身上的跳蚤。

我能给你提供乐趣，
就像玩具。
不然你会无聊，
躺在桌子下睡觉。

2015.10.12

喂　食

喵，喵，喵，
喂食时间到。
美味的猫粮和鲜鱼，
让你有了食欲。
为何你要用爪子试探？
难道你怕我们给你下毒？
你赶紧把鱼吃完，
这应该是祖先的遗传，
也是它们在野外的习惯。

2015.10.14

一个重要的问题

我做的是好事还是坏事?
我当时拯救了你。
可是,
你究竟有没有家人?
如果有,
那它们此刻正为你着急,
我就做了坏事。
如果没有,
我就做了好事。
我在开始找到你的地方
发现了一只猫,
体型比你大一点,
但花纹与你相同。
它是不是你的家人?

2015.10.18

离别与重逢

虽然现在每天
我们都能见面，
可总有一天，
你会离我而去，
走向黄泉。
我们在一起的时间，
至少也有十年，
在这期间，
我会照顾你，
直到你说再见。
我也会留下这首诗，
作为纪念，
也是天堂相聚的符券。

2015.10.20

猫中之王

我走在路中间
动物闪到两边
因对我的恐惧
没有谁敢挡路

得胜却负伤的战士
猫心中的最高荣誉
虽失去了一只碧眼
也毁掉了一张俊脸

就在几个月前
吹着刺骨的风
我与强敌相逢
只能决一死战

对手将我面部抓伤
目中荧光变得暗淡
很快在瞳孔中消散
我便成了此处霸王

2018.4.24

天降爱猫——庆祝 6.13

我仍记得那天的你
身上沾着晶莹雨滴
在空调下尖声哭泣
怕被亲生母亲抛弃

日期包含两个数字
都各自有特殊意义
六与十三融合交织
决定你一生的运气

侥幸躲过死亡一击
地狱之犬让你逃离
还是留下恐怖印记——
永远失去右侧视力

新华村不见你踪迹
当时我们多么着急
三年走过无数悲喜
出门不再百感交集

2018.6.13

猫的舞宴

房顶是猫的舞宴
金色勾勒傍晚
晚霞渲染蓝天

踩着瓦片屋檐
跳着流逝时间
唱着喵星歌曲
说着神秘语言

人生或许百年
可有烦心的事
你们寿命短促
但活得更充实

夜幕降临之前
让我再看一眼
这场奇妙的表演

2018.4.28

新华村的猫

猫能带来乐趣
一贯如此
没有它们轻巧的脚步
万物都会丧失生机

强健的四肢
赋予它们速度
轻盈的身躯
让它们忽略重力

人猫追逐游戏
我们的日常
每一次偷袭
都以失败收场

白猫神经兮兮
胆小如老鼠
棕黄色的那只
却临危不惧

2018.9.6

猫 侠[①]

夜已深
一个模糊的黑影
从灌木中悄悄走来
飞檐走壁，跃上阳台
嘴中叼着猫质[②]，静静离开

亲生骨肉的呼声
触动了你的基因
身上每块肌肉
都已准备好去营救
三天三夜，彻夜不眠
只为与儿女团圆

我们也在这里致歉
以后不会再去侵犯
诸位高贵的猫权
看似普通的脱氧核糖核酸
也能让你变得如此勇敢
这就是，神奇的自然

2018.10.8

① 大姑父捉了野猫崽来养，被猫妈妈救回去了。
② 以猫为“人质”。

天外来客

从喵星出发的灵魂
肩负使命穿过宇宙
终于来到地球
一切都是命运

敏捷又灵巧的动作
温驯又淘气的性格
这位天外来客
即将改变我的生活

三年前那只野猫
听从了野性的呼唤
现在你则是家猫
不会把家当作旅馆

楼上菜园是你的领土
雨棚下则是你的小屋
日月星辰已除去灾难
愿你幸福到离去那天

2018.6.29

怀念乐乐猫

几个月前你是一只小猫
那么聪明伶俐
死神已经来到你身旁
你却毫不知情
可惜啊，可惜
猫中的天才
就这样死于恶疾

你死后树葬在汉丰湖边
刺骨的风吹着
然而你并无感觉
我永远也不会忘记
与你在一起的美好时光
希望你在天国还能荡秋千、坐滑梯
我本想再见一次可爱的你

但天意不可违
愿你安息！

2018.1.8

第六辑

三维半人生
日常生活与想象的诗

人 生

光阴似箭
射向人的目标
在强弩之末时
人会死去

日月如梭
织着人生的锦
以地球为轴，人为线
织完时，人会死去

每天，有无数的锦
通过虫洞，送到上帝手里
美丽的锦被送往天堂
而次品会在火湖中焚毁

原来，上帝是个收藏家

2017.6.3

虚拟世界

戴上一副纯黑的 VR 眼镜
进入的却不是虚拟现实
那是另一个星球，但是
我的样子却已改变，风
吹过我翅膀上的白羽毛

我在冰封之地，天上却
出现了三个暗淡的太阳
但是空气还是如此冰凉
眼前只有无边无际的雪
我乘风而起，直上云霄

夜深了，两颗卫星出现
它们是如此美丽，好像
两颗珍珠，在空中照亮
崎岖岩石与远方的冰面
乌云出现，将世界笼罩

继续向南，一个星期后
未被冰封的蓝绿色海洋

才进入我的视线，金黄
海滩上，几只螃蟹横走
但是没人帮它们放哨——

刚想抓那些诱人的猎物
结果梦中的我却已苏醒
失去飞行的本领，只能
掀开棉被，再穿好衣服
希望下个梦会更加美妙

2019.1.17

纸片人

看到残余废纸
我就有了主意
裁纸机做帽子
用剪刀做身体

待你穿戴整齐
我就开启相机
快门响起
照片非常诡异

虽然背景一片黑暗
但有一束神秘光线
像超级玛丽的火棍
星球大战里的光剑

你不用打火龙通关
也不用为宇宙而战
已经摆脱平面
二维进入三维空间

2018.4.30

神秘果

吞下这自然的药丸
所有苦味自动消散
口中食物都会变甜
将味蕾与大脑欺骗

毒药美食无法分辨
这就是魔果的危险
好东西当然有隐患
谨慎使用，请自便

2018.5.2

蒲　桃

头上挂着黄绿果实
现在去采摘还不迟
不忘空气中的香甜
将这味道存在心间

绕树三圈举起竹竿
如一场神秘的祭典
感谢自然提供美食
也让我们期盼夏日

2018.5.24

桃　虫

办公楼后面的秘密花园
树上的桃子已极其香甜
咬开多毛的表皮才发现
原来不只有我享用美餐

里面藏着几位特殊来客
在果肉里留下深深车辙
已经咬到了中心的硬核
这人间美味谁先到先得

2018.7.4

卧室里的栀子花

刚刚盛开就即将凋零
纯洁无瑕的美丽生命
就在这最后的几天
留下你永恒的遗言
一生的英勇事迹
已进入这本诗集
你用神秘花香
送我进入梦乡
为他人献身
高尚的灵魂
可曾目睹
蜂蝶飞舞
不回头
向前走
风吹
惊雷
徘
徊

2018.5.31

魂斗罗

没有血腥屠杀
只有像素倒下
没有暴力场面
只有消失光点

墙角自动机枪
敌人从天而降
面前就是堡垒
如何成功摧毁

万物皆有软肋
高墙被炸成灰
暗道隐藏其间
进入新的一关

趴在电篱笆前
躲开密集榴弹
窗户就是关键
密室唯一弱点

2018.4.27

船

很久很久以前
我在嘉陵江边
顺水送出一条船

结构非常简单
一截中空竹管
再缠上两个气垫

没人知道旅途的终点
可能在某个沙滩搁浅
也可能绕地球半圈
慢慢漂到大洋彼岸

如果它沉入水底
船身里残存的分子
仍会参与自然的循环
开始新的探险

没有物质会消亡
除非它变成能量

那只是另一种形式
同样永远不会消失

2018.12.25

电蚊拍

电流出发，经过变压器
化为四千伏致命一击
伴着火花，那黑白相间的身体
燃烧爆炸，在空中消失

再也不会半夜听到嗡嗡
或者醒来看见皮肤红肿
能打断睡眠的只剩雷声
和偶尔出现的恐怖噩梦

拿着它，便能主动攻击
夏天出现的全民公敌
反守为攻才能消灭可恨的蚊子
随便挥挥，让它们去死！

2019.5.27

金 猫

一身皮毛泛着金色
反射着黄昏的光线
被囚禁却依然美丽

敏捷和力量能制服猛虎
如今只能来回踱步
虽与自由仅隔一层玻璃
对此我却无能为力

离开的希望逐渐化为绝望
逃走的梦想最终变成幻想
隔壁云豹已经厌倦了生活
在窝里望着游人闷闷不乐

最可怕的还是孤独
没有一个同类可以倾诉
寂寞随着黑夜到来
只好在此处无尽地徘徊

有几片春天的黄叶

落下就随微风飘散
又在某个地方消失

2019.4.18

老 鼠

一尺余长的巨大老鼠
早晨躺在我家木门前
十个小时的生死之战
直到现在才分出胜负

“偷窃”是老鼠的本能
并不算你们的罪行
但是人类既遭受了损失
只能和啮齿类势不两立

黑死病曾横扫整个欧洲
你们则被当成罪魁祸首
而真正的病毒载体
是跳蚤，然而无人在意

愿你来生不再做老鼠
放下背负的沉重黑锅
做只猫好好享受生活
这就是我给你的祝福

2019.1.28

鱼与荷塘旋涡[①]

通道将异世界相连
两个旋涡突然出现
自己献身只为实验
跳进塘底无尽黑暗

时空开始变得混乱
唯有流体极速旋转
清醒过后有惊无险
可惜通信已被切断

迷失在陌生的水面
去探索未知的地点
要拍下新奇的照片
我绝不能无功而返

完成任务回头一看
来时的路已经不见
独自忍受寂寞孤单
思念着遥远的家园

2018.5.20

---

① 两年前我造了一个连接两级荷塘的小洞，制造了一个旋涡，有只上级荷塘的鱼被吸进去了，进入了下级荷塘。

天堂与地狱的实验

天堂地狱两根树枝
两条摆在眼前的路
实验的对象是蚂蚁
看它们最终去何处

决定向上还是向下
小径就在眼前分岔
一条窄小一条宽大
还是懒得往高处爬

回到温暖舒适的巢
走进卧室去睡一觉
噩梦之中大声尖叫
我正在地狱里燃烧

它不比人聪明多少
选择了错误的大道
生物心理都很相似
堕落永远都更省力

2018.5.21

蛛　网

铺在草地上的陷阱
竟成功捕获了日光
精心雕琢的多边形
留住了夜雨的重量

黏液并没有带来死亡
美味的早餐已经泡汤
可是这银色的蛋白质
却黏住了自然的美丽

每一颗珍珠都有一只眼睛
那就是蓝天上太阳的倒影
每一只蜘蛛都有一个梦想
那就是织出一张完美的网

2018.12.18

图书在版编目（CIP）数据

幻 / 李安哲著 . -- 北京：中国人口出版社，
2021.7
ISBN 978-7-5101-7777-4

Ⅰ . ①幻… Ⅱ . ①李… Ⅲ . ①诗集 – 中国 – 当代
Ⅳ . ① I227

中国版本图书馆 CIP 数据核字 (2021) 第 008183 号

幻

HUAN

李安哲　著

责任编辑　姚宗桥　刘继娟
书籍设计　孙　初　文小婧
责任印刷　林　鑫
出版发行　中国人口出版社
印　　刷　北京精彩世纪印刷科技有限公司
开　　本　889 毫米 ×1194 毫米　1/32
印　　张　2.875
字　　数　55 千字
版　　次　2021 年 7 月第 1 版
印　　次　2021 年 7 月第 1 次印刷
书　　号　ISBN 978-7-5101-7777-4
定　　价　30. 00 元

网　　址　www.rkcbs.com.cn
电子信箱　rkcbs@126.com
总编室电话　（010）83519392
发行部电话　（010）83510481
传　　真　（010）83538190
地　　址　北京市西城区广安门南街 80 号中加大厦
邮　　编　100054